杜伊諾十歌

附册

華東師範大學出版社・上海

圖書在版編目（CIP）數據

杜伊諾十歌 / 鍾錦編譯. —上海：華東師範大學出版社，2022
ISBN 978-7-5760-3356-4

Ⅰ. ①杜…　Ⅱ. ①鍾…　Ⅲ. 詩集-奥地利-現代　Ⅳ. ①I521.25

中國版本圖書館CIP數據核字（2022）第201524號

ISBN 978-7-5760-3356-4

杜伊諾十歌

編　　譯　鍾　錦
書　　字　陳社旻
雕　　版　王　堃
責任編輯　時潤民
責任校對　龐　堅
特約編輯　祝伊湄
出 版 人　王　焰
出版發行　華東師範大學出版社
地址郵編　上海市中山北路三六六三號　二〇〇〇六二
印刷裝訂　杭州蕭山古籍印務有限公司
版次印次　二〇二三年八月第一版第一次印刷
定　　價　玖佰捌拾圓（一函一册一附册）

譯序

庚寅之歲予在溫哥華時與友人談詩偶亦擱管試譯先成者竟里爾克也厥為秋興其詩曰天歟莫惜夏滔滔頹日金風亦足豪縱目郊原添肅爽遺懷杯盞待葡萄肯將問舍求田事辜負棲林在澗高閑把故人書一紙來看落木滿江皋迦陵師見笑曰尚能偶對耶師意

莫能測予亦未嘗請也其時即欲迻譯此十歌得五字曰天靈孰華予遲遲不能就乃廢歸來數載癸巳譯波斯短歌行丁酉譯惡之華稍嫻其法戊戌冬日偶成第一歌仍置之今歲庚子五月六月間始畢其功去得天靈孰華予五字之日已十年矣予初習迻譯但識換字訣故秋興先成及譯波斯短歌行序文

數術其訣使與江西詩法通庶能成一家之言蓋吾國詩古文辭久為程式難與俗近新異諧西人辭意必與相悖徑達之失其確度矣因假古典而旁通曲傳訣若換字法實江西真有見者必不責以硜硜之信也然意或旁曲而合辭仍睽隔以離休非換字訣可完此十歌所以遲遲未就也及譯惡之華漸悟減

字訣蓋詩自以意為上而其境其辭往
往別於意外寓詩之質方遂譯時境無
能易辭無能換功即不就雖劣手乏於
人巧亦妙手憾乎天成因不得已無妨
删減此減字訣也或曰毋乃太甚乎予
曰未妨失之東隅收之桑榆蓋其境其
辭既無能達又無能換減之必也然具
者意失者境與辭所失非不能收也吾

國文辭唱歎之餘有其境頓挫之際益其姿深其唱歎加其頓挫境也辭也即不能抵鋪排之效尚足饒要眇之致焉中西詩體之別或得於中消息之耶既悟減字訣十歌得譯而出之雖然訣者理也當身具足行其訣者材也厥有優劣予無懼乎人嘆吾材之劣而懼乎抑其理爰發其義於卷首幸識者留意焉

庚子六月廿九日自序於栽瞻室

杜伊諾十歌

里爾克 原作

鍾錦 譯述

陳社旻 書字

第一歌

若哀唫渺渺入荒冥天靈孰華予縱驚
魂在始蕩心則羨靜處全軀枉使周流
上下歌哭祇奄區宇宙憑誰識還付誰

居望斷崖邊獨樹停當時巷陌曾遇
人無恨長風吹老長夜又焉如枉知心
萠程難訴向塵寰拋擲但空虛分明是
去來空闊飛鳥相呼一章調寄八聲甘州
有春波泛泛卷春星隱下起筆等正佳
期不定玄思竟陷大命常誣莫怨鍾情
易改團扇未妨疏一旦涼飆起曾乞誰
譽到得天荒地老恨無功收盡往世

歡娛縱紅箋猶在芳意已長韋甚空教
憂成終古笑人間兒女是真愚身如箭
但離弦去豈負程途二章調寄八聲甘州
巨響浮天亦不聞我心長跪豈堪神靜
中聽有終年訊空外疑歸殤子魂嚴
廟頌肅碑文峨峨穆穆若相申人間道
義休云幻若累靈脩求索真三章調寄鷓鴣天
蘋藻無庸託慎終塵居已隔習心空名

真遊戲翻爲累欲等浮游未是窮　存
役恨古今同何妨追遠在童蒙孔生誰
道天靈識惟是滔滔流水東　四章調寄鷓鴣天
莫恨冥冥無盡遮兒蘇塵世若辭家爲
君憂處已神遐　華表千年寧返鶴哀
絃一曲頓生花人間何事貴長嗟　五章調寄浣溪沙

第二歌

天使底須怖相向作長歌靈禽莫惜鼓
祀解識政須多猶記輝煌行旅曾立菩
茨門舍年少許經過心悸眾星後陟降
者誰何
初之寵化之傑曉峨峨迴廊
複道臨風高踞意婆娑粧已繁芳光蜕
空不虛而歡園一鏡萬流波返汲朱顏
上光彩總無託一章調寄水調歌頭
呼吸散微息情自動於中都言滿室盈

春與我血相融何事畸零自立那間岑芳易謝晨露落新叢蒸炙馨香在繚繞散虛空

微含笑長仰視轉無蹤心波漸退宇宙之大尚何容難道神光返入不有人靈誤雜掩映漫重重任是迴旋往無計識歸儂

二章 調寄水調歌頭

解識有情人入夜聞奇語萬物森然祇是矚空裏身無主

半為欲羞慚半為

難憑據晚木高樓盡日看同作三緘若

三章調寄卜算子

誰證海山誓顧我一來詢殷勤雙手正
掩衰貌尚能温便認生存如是得似纏
綿已極祈汝到聲吞直待葡萄熟精魄
盡芳醇
拚沈醉空無際意仍申從今
相擁都若渺渺隔前塵窗亦驚窺苦眷
園亦偕遊同賞倘作去年人共把合歡

盞痛飲不須論（四章調寄水調歌頭）
須訴阿提卡刻畫慎瑩碑不應情與離
別徒作異形儀垂得脩然兩手管甚魁
然一體造化本無師捫摸共長遠何有
衆神為 我之質神之事總忘機純乎
此性云抑云狹亦堪期若向河邊巖下
著卻蔬畦果圃那復逐心迷但作幻人
象難傍聖身棲（五章調寄水調歌頭）

第三歌

定情歌與饗神歌神血濁如河少年色
慾休云識一相偎一失仙娥誰自深淵
昂首來呼黑夜成魔
胸中風鸞出鳴
螺赫赫杖長戈玄天闊作虛空穴祇星
甚流若情波雖是三生稀見莫非萬象
森羅一章調寄風入松
慈母不能雙眉與展唇亦非汝能暖甚

雲情雨態便能魄動意亂一入沉陰休
再與問何處避身如願縱能得屠汝心
中繼之自啟始之誰見聖善母翼而
兒將人世新生止憐離怨莫追尋歲月
弱影為遮畔渙直使無終宇宙變也衹
待一燈微綫任神命暗隱垂簾緩開到
明日問憂患 二章調寄無愁可解
正穩卧甜眠庇影底輕盈心波蕩起怎

狂迷夢魔新生乍畏陷吳逐欲反身同
一墜任是蠻荒不計待得到適去時竟
投大力豈屑小己
蹀盡祖血情長逢
深谷猶妖饜君先世若前生盡識信汝
令番宣至帶微笑溫然而視縱緣孽莫
絕恩慈亦辜為曾結液胎裏

三章調寄無愁可解

一擁長盈終古浪不同一度花開千秋
萬代鴻無涯我心雖有屬衹是與時乖

莫謂毋兮枯岸似父兮直若崩崖顏基依舊起高臺陰晴俱已寂運命自先來

四章調寄臨江仙

誰為情多身化石誰懷鴆毒相尋從來好古逆人心一腔年少血誰使酷如陰

直待天年呼且覓莫辭緩問輕臨殷勤引領向園林春陽誠可愛夜色不須禁

五章調寄臨江仙

第四歌

我生之木幾時凋忽風飄墮塘坳不如

去雁四節與和調識盡榮枯非異日蹤

盪處若獅豪一章調寄江神子

物有貴兮斯有賤敵固能儺愚亦怨簾

帷隔斷此生心畫圖若襯春風面別離

天地滿園林輕漾氍毹幻是何人盈盈

舞盡不似舊時伴

市上紛紜成巧扮

臺上風流徒過眼那起傀儡本非真要
知脂粉多為眩眼前燈火散閒誰仍把
虛空戀一身在無親無幼無女也休管

二章調寄
歸朝歡

一似濁精滋味苦咀嚼吾生惟我父將
來回味定先迷已歸遙想寧非懼孰為
言我誤相憐何事多遮汝怕相憐朱顏
銷入宇宙虛無處 傀儡歌場期再遇

報截竟來天使舜不疑萬物始能齊便
令四季終成序循環知枉度人間豈有
真常佳甚匆匆迎前顧後祇遺少年去
三章調寄歸朝歡
人間成長苦匆匆但成翁別無功苦非
相促獨樂樂何窮世界莊嚴兒劇妙都
挽在太初中
四章調寄江神子
純明天體佳處空著兒童在其中乾餱

填口誰遣竟成凶畢竟生時須忍死無可述漫相容五章調寄江神子

第五歌

遊者誰耶問終朝若失將悅誰耶騰挪翻轉誰又拋擲搴拏膏塗氣滑墮長天善御休誇偏落向如蓬蔽毬未辭久棄荒遐

知被幾回跳壓似雲端薄貼補在平沙而今立身亦穩早見休嘉生兮

一字任陶鈞旋舞成花環一派浮塵妖

蕊呆容巧笑些些

一章 調寄漢宮春

擊鼓其鏜是衰年力士虛廓皮囊一朋

若失一朋獨守癲狂誰家父母把天真

矯健遺郎年少日偏教戲弄無端長在

哀傷

祇似終朝枝上任蟠桃未熟百

墜墳塲春秋疾如逝水偶住每忙慈恩

早拒忍還來促足成創心未識身中淚

滴依然微笑而盲

二章 調寄漢宮春

藥草微華既擷之耽樂祕貯晶瓶若將瘞骨文以娼笑鐫銘幽閨窈窕甚風垂瓔珞無情偏願在衣而為領雪堆姑射銷凝

似把人間香果任浮游籔蕩坦置天平尋尋更知何處苦使心承雄雌未合尚無功仍是飄零沈重也徒然旋動金盤竿上長傾

三章 調寄漢宮春

廣漠虛空空轉多萬千計數盡消磨繁
華難歇世間歌
誰挽塵途為帽帶無
邊虛飾鬱婆娑迎君向花若之何
四章 調寄浣溪沙

上界情人繡毬間雙心遠翥競游天欲
之高塔曳梯懸
諸界圍來聲已默一
錢留得福能全不辭擲與世為緣
五章 調寄浣溪沙

第六歌

阿駉無花何炫耀閟玄成實偏為早如泉先伏木先垂纔賸覺福長葆化鵠飛來神浩浩

一章 調寄天仙子

耽愛榮華遲結果花氣熏人夜氣相攙和皓齒明眸剛拂過春心早是燃如火

天命英風同不挫任鬼之雄血脈搏成左已赴程途顏未破長車前引君王

賀

二章調寄蝶戀花

英風夭命無惑恒常同若競直入危星
更不逢人波不驚
吾徒鬱鬱忽對之
歌歌未足反爲吾歌亂送浮空沈響過

三章調寄減字木蘭花

曾望尚能爲稚子未辭沖弱先張臂初
無孕育母何憂真力士忽臨世此願而
今欣已避

四章調寄天仙子

母腹之中英武備既擇而成既有殊能
棄觸得峨峨天柱墜萬千效法渾無計
衆女相從投母氏身作歸流心作高
崖祭祇待明朝親養子塵寰迴出方回
睇五章調寄蝶戀花

第七歌

還作嚶鳴否悵韶華隨春歸去那堪求
友縱使輕揚同節令終向長天辜負心

漫與愁形為偶也解相呼如啼鳥甚多

情暖得幽魂透拚妄薄報君厚

東風

消息仍飛奏起青蘋回堦舞殿似泉傾

漏首夏清和俱在眼萬木森成明晝仰

帝力處誠稽首山外夕陽林外雨散無

數年夜群星斗休忘在黯然後

一章調寄賀新郎

喚出非惟汝有憧憧一行處子出於幽

墓無奈我聲吞不得沈者長尋后土歸

掌握何須幾度休說少年頗疏略算命
途總逐虛無去翻使入自由處莫哀
淪落憂貧窶任荒街潛成瘡痏見為枯
腐但有生時彈指頃血脈生機都衆輕
忘了鄰人笑語福樂願將相指示便從
爾非證仍非妒能識是為心取 二章調寄賀新郎
心外本來無人生與化浮世消磨終自
成虛竊古之宮俱換了玄想者亙其墟

令代力尤殊精神慎節餘閒尚知聖
物存歟方寸猶能為殿宇君莫視祇區
區 三章調寄唐多令
天地慎知己何難升降為莫長嗟來者
仍迷尚有劫中真像在纔可識竟心馳
星若俯人低存知休更疑把遐方指
與靈祇無數高門和巨柱如故國待君
持 四章調寄唐多令

信是神奇在勿須憂吾生氣短聖言堪
待莫謂垓埏成錯失有願由之全蓋尚
未足茫茫萬載鐘鼓樓高誰欲擬倫似
君神使來天外飄樂韻上方界　窗前
一女凝愁黛夜深時伶傳顧影膝前先
拜定不歸來兮明識休說傾心歡愛況
喚得行程逾邁窕若當前張一臂苦相
遮如抵還如識至極處莫能解 五章調寄賀新郎

第八歌

誰謂無靈眼開天曠有靈自設皆羅網早拘稚子愛其軀幾時任在空林放鳥獸之顏可觀世相從容視死方無喪喪惟在後常惟前迢迢不斷如春浪

一章 調寄踏莎行

去日常多園花暫有世界無處恒無藐姑何在童子夢之余或有如斯已逝近

花處花亦成虛空凝望雖同伏獸巨目
祇區區 嗟吁將往赴情人未阻直若
其疏任相背開張仍竚中途大化幾曾
一顧但是見返照須臾茲惟命不齊而
易天地迅過駒
二章調寄滿庭芳
相向獸無憂相逆情無忤翹足任之遊
循跡隨之去 視內更安窮窺外常如
素來日我徒瞻彼與其全遇
三章調寄生查子

作警微溫沉憂大患制伏人獸俱同欲
如非遠追憶已潛通到此翻成間阻彼
呼吸朝夕將窮無生樂不如胎息長在
母身中　憧憧蚑雀躍雄雌匹合胞室
為穹祇方入令生雨界相容恍若飛來
古魄問誰識樞上眠躬嗟勞命黃昏蝙
蝠撞破夜瓷盅四章調寄滿庭芳
轉面何窮旁觀猶陷於斯已足休云聽

井然位置是崩銷不辭更使吾身犯

播弄誰知行為自驗從來歸去風容濬

自崖而反指君程別離無絶人生暫

五章調寄踏莎行

第九歌

暗比濃陰幽如月桂好風吹笑枝邊何

事為人命途迎避無端早知福被功相

促失落時終近窮年有心乎知好其奇

知礪其堅

而來大事因緣在恠浮游不住相繫俱全危脆惟吾那能流轉番番物皆一度嗟成毀挽不回一度留連待行之掬手奚容矚目奚言

一章 調寄高陽臺

付何人永持所有他鄉能帶何去亦非觀照從容學非是此中全數惟是苦算多少勞生怨慕無玄悟星辰下處自淡谷傾崖旅人攜得未見不名土

君知

否拾到精言粹語黃青龍腦探乘小橋露井迎門柳遠塔明牕高宇方說與也驪使濃情祕計漫天舞檻磨仍古閱已往將來並偎雙伴輕促結為侶

二章調寄摸魚兒

此處君應認一場言者之時言者之鄉人間萬物是虛空代者無形逝者無疆

發得心花別樣莊錮也金錘破也皮囊舌雖牢閑齒牙間其道惟恒其頌惟

揚

三章 調寄一剪梅

且頌人間，休誇妙麗，對揚天使寧愚樸。者為佳，隨身世世分吾道，時應詑神靈。意若結繩埏土，驚殊屬吾徒，彼亦何傷。此亦何愉

無端並作純形在，甚亡還化物生也，如奴天外琴音逝，將仍識稱譽，須知同是非，恒住即誰心，變幻須臾總空虛，芥子能容大地能蘇

四章 調寄高陽臺

汝夢坤形得隱藏不易何為速託何妨
惟其密也願相親莫賺吾身再轉春光
一番春到已難量濺血如傾委命如
狂古來惟汝聖而明前證吾存好發中
藏
五章調寄一剪梅

第十歌

一朝天使終迎心弦急起柔疑響韻光
正煥泣淚猶輝夜思頻蕩姊妹誰憐膝

偏未屈髮仍空漾問悲愁盡費淒慘將
臨終未事如何量 看到長春花放蔭
冬枝韶華如囊也如居處不同窮土漫
逢街巷亂響生虛囂聲若麻天酬空賞
把神祠一閑郵亭似鎖對江邊浪一章調寄水龍吟
任情簸蕩鞦韆水嬉幻術疑相若侯方
十尺矣流一瞬群呼而樂列肆招奇值
錢索隱使吾將學向坊邊斜轉壁間正

見不朽字同甘酌　滋味本如茶苦反
尋時其真誰覺戲遊稚子挽攜情侶犬
於旁躍年少相從收場以外憂姿其綽
似高門貴第將離再顧祇閒愁各二章調寄水龍吟
非俗非囂若絡哀珠夭者慕之正無言
同去茫茫是谷有家曾住落落惟悲父
柔其山君逢此礦憤結愁凝何所為當
時富指城墟殿柱王業於茲　憂花淚

葉輕垂見三兩牛羊一鳥飛向黃昏時
候先招巫女中天月色仍照靈碑金字
塔前尼羅河畔貌相如從星斗窺雙眸
死任高冠岌岌嚇走鴞鵂

三章調寄沁園春

緩見鵜鶘下斜從面頰飛擘開書頁畫
來稀多少幻聲虛狀高處是星霓
照耀臨新土紛紜喚舊悲待求完滿指遙
期那是天南那是掌中輝那是瑞光祥

彩母氏想風儀四章調寄唱火令

既死仍前路方行復古哀月中深谷喚

泉來若見運河人境相擁泣山崖 獨

向荒山去全無足響偕逝人無數莫須

猜哉似柔萬或似雨前昔豈似我將超

越一幸竟如歎五章調寄唱火令

杜伊諾十歌終